De Poilly ex. C.P.R. *Veüe en Perspectiue du marais d'eau a Versailles* Perelle fe.

LE GRAND DIVERTISSEMENT ROYAL DE VERSAILLES.

A PARIS,
Par ROBERT BALLARD, seul Imprimeur du Roy pour la Musique.

M. DC. LXVIII.
Auec Priuilege de sa Majesté.

LE GRAND DIVERTISSEMENT ROYAL DE VERSAILLES.

Sujet de la Comedie qui se doit faire à la grande Feste de Versailles.

DV Prince des François rien ne borne la Gloire,
A tout elle s'estend, & chez les Nations
Les veritez de son Histoire
Vont passer des vieux temps toutes les fictions:
On aura beau chanter les restes magnifiques
De tous ces destins heroïques
Qu'vn bel art prit plaisir d'éleuer jusqu'aux Cieux.
On en void par ses Faits la splendeur effacée,
Et tous ces fameux demy-dieux
Dont fait bruit l'Histoire passée,
Ne sont point à nostre pensée
Ce que LOVIS est à nos yeux.

POVR passer du langage des Dieux au langage des Hommes, le ROY est un grand Roy en tout, & nous ne voyons point que sa gloire soit retranchée à quelques qualitez hors desquelles il tombe dans le commun des Hommes. Tout se soûtient d'égale force en luy, il n'y a point d'endroit par où il luy soit desavantageux d'estre regardé, & de quelque veuë que vous le preniez, mesme Grandeur, mesme Eclat se rencontre; C'est un Roy de tous les costez: nul employ ne l'abaisse, aucune action ne le defigure; il est toûjours luy-mesme, & par tout on le reconnoist. Il y a du Heros dans toutes les choses qu'il fait, & jusques aux affaires de plaisir, il y fait éclatter une grandeur qui passe tout ce qui a esté veu jusques icy.

Cette nouvelle Feste de Versailles le montre pleinement, ce sont des prodiges & des miracles aussi bien que le reste de ses actions; & si vous avez veu sur nos Frontieres les Provinces conquises en une semaine d'Hyver, & les puissantes Villes forcées en faisant chemin, on void icy sortir, en moins de rien, du milieu des Iardins les superbes Palais & les magnifiques Theatres, de tous costez enrichis d'or & de grandes Statuës, que la verdure égaye, &

que

que cent jets d'eau rafraichissent. On ne peut rien imaginer de plus pompeux ny de plus surprenant; & l'on diroit que ce digne Monarque a voulu faire voir icy qu'il sçait maîtriser pleinement l'ardeur de son Courage, prenant soin de parer de toutes ces magnificences les beaux jours d'une Paix, où son grand Cœur a resisté, & à laquelle il ne s'est relâché que par les prieres de ses sujets.

Ie n'entreprens point de vous écrire le détail de toutes ces merveilles: Vn de nos beaux esprits est chargé d'en faire le recit, & je m'arreste à la Comedie, dont par avance vous me demandez des nouvelles.

C'est Moliere qui l'a faite; comme je suis fort de ses amis, je trouve à propos de ne vous en dire ny bien ny mal, & vous en jugerez quand vous l'aurez veuë: Ie diray seulement qu'il seroit à souhaiter pour luy que chacun eust les yeux qu'il faut pour tous les Impromptus de Comedie, & que l'honneur d'obeyr promptement au Roy pust faire dans les esprits des Auditeurs une partie du merite de ces sortes d'ouvrages.

Le sujet est un Paysan qui s'est marié à la fille d'un Gentilhomme, & qui dans tout le cours de la Comedie ſe trouue puny de ſon ambition : Puiſque vous la devez voir, je me garderay, pour l'amour de vous, de toucher au détail ; & je ne veux point luy oſter la grace de la nouveauté, & à vous le plaiſir de la ſurpriſe : Mais comme ce ſujet eſt meſlé avec une eſpece de Comedie en muſique & Ballet ; il eſt bon de vous expliquer l'ordre de tout cela, & de vous dire les Vers qui ſe chantent.

Noſtre Nation n'eſt gueres faite à la Comedie en Muſique, & je ne puis pas répondre comme cette nouveauté-cy reüſſira ; Il ne faut rien, ſouvent, pour effaroucher les eſprits des François ; un petit mot tourné en ridicule, une ſyllabe qui avec un air un peu rude s'approchera d'une oreille delicate, un geſte d'un Muſicien qui n'aura pas peut-eſtre encore au Theatre la liberté qu'il faudroit, une peruque tant ſoit peu de coſté, un ruban qui pendra, la moindre choſe eſt capable de gaſter toute une affaire : Mais, enfin, il eſt aſſeuré, au ſentiment des connoiſſeus qui ont veu la repetition, que Lully n'a jamais rien fait de plus beau, ſoit pour la Muſique, ſoit pour les Dances, & que tout y brille d'invention ; En verité c'eſt un admirable homme, & le Roy pourroit perdre beaucoup de gens considerables qui ne luy seroient pas si malaisez à remplacer que celuy-là.

Toute l'affaire se passe dans une grande Feste champestre.

L'OVVERTVRE

En est faite par quatre illustres Bergers déguisez en valets de Festes; * lesquels accompagnez de quatre autres Bergers qui jouent de la Flutte, * font vne dance qui interrompt les resveries du Paysan Marié, & l'oblige à se retirer apres quelque contrainte.

Climene & Cloris, * deux Bergeres amies, s'avisent au son de ces Flutes de chanter cette

*Beaucham[ps], S. André, l[a] Pierre, Favi[er].

* Descouteaux, Ph[ili]bert, Iean & Martin Ho[tt]etere.

* Madlle H[i]laire. Madlle Des Fronteaux.

CHANSONNETTE.

L'Autre jour d'Annette
I'entendis la voix,
Qui sur la musette
Chantoit dans nos bois;
Amour, que sous ton empire
On souffre de maux cuisans,
Ie le puis bien dire
Puisque je le sens.

La jeune Lisette,
Au mesme moment,

Sur le ton d'Annette
Reprit tendrement,
Amour, ſi ſous ton empire
Ie ſouffre des maux cuiſans,
C'eſt de n'oſer dire
Tout ce que je ſens.

Blondel, Gaye.

Tircis & Philene * amans de ces deux Bergeres, les abordent pour leur parler de leur paſſion, & font avec elle une

SCENE EN MVSIQVE.

Cloris.

Laiſſez-nous en repos, Philene.

Climene.

Tircis, ne viens point m'arreſter.

Tircis, & Philene.

Ah! belle inhumaine,
Daigne vn moment m'écouter?

Climene, & Cloris.

Mais, que me veux-tu conter?

Les deux Bergers.

Que d'vne flamme immortelle
Mon cœur brûle ſous tes loix.

Les deux Bergeres.

Ce n'eſt pas vne nouvelle,
Tu me l'as dit mille fois.

Philene.

Quoy? veux-tu toute ma vie
Que j'ayme & n'obtienne rien?

Cloris.

Cloris.

Non, ce n'est pas mon enuie,
N'ayme plus, je le veux bien.

Tircis.

Le Ciel me force à l'hommage
Dont tous ces bois sont témoins.

Climene.

C'est au Ciel, puis qu'il t'engage,
A te payer de tes soins.

Philene.

C'est par ton merite extréme
Que tu captiue mes vœux.

Cloris.

Si je merite qu'on m'ayme
Ie ne dois rien à tes feux.

Les deux Bergers.

L'éclat de tes yeux me tuë.

Les deux Bergeres.

Destourne de moy tes pas.

Les deux Bergers.

Ie me plais dans cette veuë.

Les deux Bergeres.

Berger, ne t'en plains donc pas.

Philene.

Ah! belle Climene.

Tircis.

Ah! belle Cloris.

Philene.

Rends-là pour moy plus humaine.

Tircis.

Dompte pour moy ſes mépris.

Climene, à Cloris.

Sois ſenſible à l'amour que te porte Philene.

Cloris, à Climene.

Sois ſenſible à l'ardeur dont Tircis eſt épris.

Climene.

Si tu veux me donner ton exemple, Bergere,
Peut-eſtre je le receuray.

Cloris.

Si tu veux te reſoudre à marcher la premiere
Poſſible que je te ſuiuray.

Climene, à Philene.

Adieu, Berger.

Cloris, à Tircis.

Adieu, Berger.

Climene.

Attens vn fauorable ſort.

Cloris.

Attens vn doux ſuccez du mal qui te poſſede.

Tircis.

Ie n'attens aucun remede.

Philene.

Et je n'attens que la mort.

Tircis, & Philene.

Puis qu'il nous faut languir en de tels déplaiſirs,
Mettons fin en mourant à nos triſtes ſoûpirs.

Ces deux Bergers s'en vont deſeſperez, ſuiuant la couſtume des anciens Amans qui ſe deſeſperoient de peu de choſe; en ſuite de cette Muſique vient

LE PREMIER ACTE DE LA COMEDIE qui ſe recite.

LE Payſan marié y reçoit des mortifications de ſon Mariage, & ſur la fin de l'Acte dans vn chagrin aſſez puiſſant, il eſt interrompu par vne Bergere qui luy vient faire le recit du deſeſpoir des deux Bergers; il la quitte en colere, & fait place à Cloris, qui ſur la mort de ſon Amant vient faire vne

PLAINTE EN MVSIQVE.

AH! mortelles douleurs!
Qu'ay-je plus à pretendre?
Coulez, coulez mes pleurs,
Ie n'en puis trop répandre.

Pourquoy faut-il qu'vn tirannique honneur
Tienne nostre ame en esclaue asseruie?
Helas! pour contenter sa barbare rigueur
I'ay reduit mon Amant à sortir de la vie.
Ah! mortelles douleurs!
Qu'ay-je plus à pretendre?
Coulez, coulez mes pleurs,
Ie n'en puis trop répandre.

Me puis-je pardonner dans ce funeste sort
Les seueres froideurs dont je m'estois armée?
Quoy donc, mon cher amant, je t'ay donné la mort,
Est-ce le prix, helas! de m'auoir tant aymée?
Ah! mortelles douleurs. &c.

La fin de ces plaintes fait venir

LE SECOND ACTE DE LA COMEDIE qui se recite.

C'Est vne suite des déplaisirs du Paysan marié, & la mesme Bergere ne manque pas de venir encore l'interrompre dans sa douleur. Elle luy raconte comme Tircis & Philene ne sont point morts, & luy montre six Bateliers qui

qui les ont ſauuez ; *il ne veut point s'arreſter à les voir, & les Bateliers ravis de la recompenſe qu'ils ont receuë, dançent avec leurs crocs & ſe joüent enſemble, apres quoy commence

*Ioüan, Beauchamp, Chicanneau, Fauier, Noblet Mayeu.

LE TROISIESME ACTE DE LA COMEDIE qui ſe recite.

QVi eſt le comble des douleurs du Payſan marié : Enfin un de ſes amis luy conſeille de noyer dans le vin toutes ſes inquietudes, & part avec luy pour joindre ſa trouppe, voyant venir toute la foule des Bergers amoureux, qui à la maniere des anciens Bergers, commencent à celebrer par des chants & des dances le pouvoir de l'Amour.

CLORIS.

ICy l'ombre des ormeaux
Donne vn teint frais aux herbettes,
Et les bords de ces Ruiſſeaux
Brillent de mille fleurettes
Qui ſe mirent dans les eaux.
Prenez, Bergers, vos muſettes
Ajuſtez vos chalumeaux,

Et meslons nos chansonnettes
Aux chants des petits oyseaux.

Le Zephire entre ces eaux
Fait mille courses secretes,
Et les Roßignols nouveaux
De leurs douces amourettes
Parlent aux tendres rameaux.
Prenez, Bergers, vos musettes,
Ajustez vos chalumeaux,
Et meslons nos chansonnettes
Aux chants des petits oyseaux.

* *Bergers.* Chicanneau, S. André, la Pierre, Fauier. *Bergeres.* Bonard, Arnald, Noblet, Foignart.

Plusieurs Bergers & Bergeres galantes * mélent aussi leurs pas à tout cecy, & occupent les yeux tandis que la Musique occupe les oreilles.

CLIMENE.

Ah! qu'il est doux, belle Silvie,
Ah! qu'il est doux de s'enflammer;
Il faut retrancher de la vie
Ce qu'on en passe sans aymer.

Cloris.

Ah! les beaux jours qu'Amour nous donne
Lors que sa flame vnit les cœurs;
Est-il ny gloire ny Couronne
Qui vaille ses moindres douceurs?

Tircis.

Qu'avec peu de raison on se plaint d'un martire
Que suivent de si doux plaisirs.

Philene.

Vn moment de bon-heur dans l'amoureux Empire
Repare dix ans de soûpirs.

Tous ensemble.

Chantons tous de l'Amour le pouvoir adorable,
Chantons tous dans ces lieux
Ses attraits glorieux ;
Il est le plus aymable
Et le plus grand des Dieux.

A ces mots toute la Troupe de Bachus arrive, & l'un d'eux s'avançant à la teste * chante fierement ces paroles.

* d'Estiual.

Arrestez, c'est trop entreprendre,
Vn autre Dieu dont nous suivons les loix
S'oppose à cét honneur qu'à l'Amour osent rendre
Vos musettes & vos voix :
A des titres si beaux, Bachus seul peut pretendre,
Et nous sommes icy pour défendre ses droits.

Chœur de Bachus.

Nous ſuivons de Bachus le pouvoir adorable,
Nous ſuiuons en tous lieux
Ses attraits glorieux,
Il eſt le plus aymable,
Et le plus grand des Dieux.

Pluſieurs du party de Bachus meſlent auſſi leurs pas à la Muſique, * & l'on void icy un combat de dançeurs contre dançeurs, & de chantres contre chantres.

* *Suiuans de Bachus dançant.* Beauchamp, Doliuet, Chicanneau, Mayeu. *Bachantes.* Payſan, Mançeau, le Roy, Peſan.

Cloris.

C'eſt le Printemps qui rend l'ame
A nos champs ſemez de fleurs;
Mais c'eſt l'Amour & ſa flame
Qui font revivre nos cœurs.

Vn ſuivant de Bachus. *

* Gingan.

Le Soleil chaſſe les ombres
Dont le Ciel eſt obſcurcy,
Et des ames les plus ſombres
Bachus chaſſe le ſoucy.

Chœur de Bachus.

Bachus eſt reveré ſur la terre & ſur l'onde.

Chœur de l'Amour.

Et l'Amour eſt un Dieu qu'on adore en tous lieux.

Chœur de Bachus.

Bachus à ſon pouvoir a ſoûmis tout le monde.

Chœur

Chœur de l'Amour.

Et l'Amour a dompté les Hommes & les Dieux.

Chœur de Bachus.

Rien peut-il égaler ſa douceur ſans ſeconde?

Chœur de l'Amour.

Rien peut-il égaler ſes charmes precieux?

Chœur de Bachus.

Fy de l'Amour & de ſes feux.

Le party de l'Amour

Ah! quel plaiſir d'aymer.

Le party de Bachus.

Ah! quel plaiſir de boire.

Le party de l'Amour.

A qui vit ſans amour, la vie eſt ſans appas.

Le party de Bachus.

C'eſt mourir que de vivre, & de ne boire pas.

Le party de l'Amour.

Aymables fers,

Le party de Bachus.

Douce victoire.

Le party de l'Amour.

Ah! quel plaiſir d'aymer.

Le party de Bachus.

Ah! quel plaiſir de boire.

Les deux partis.

Non, non c'eſt un abus,
Le plus grand Dieu de tous.

Le party de l'Amour.

C'eſt l'Amour.

Le party de Bachus.

C'eſt Bachus.

Vn Berger ſe jette au milieu de cettte diſpute * & chante ces Vers aux deux partis.

* Le Gros.

C'eſt trop, c'eſt trop, Bergers, hé pourquoy ces debats?
Souffrons qu'en un party la raiſon nous aſſemble,
L'Amour a des douceurs, Bachus a des appas,
Ce ſont deux Deïtez qui ſont fort bien enſemble,
Ne les ſeparons pas.

Les deux Chœurs enſemble.

Meſlons donc leurs douceurs aymables,
Meſlons nos voix dans ces lieux agreables,
Et faiſons repeter aux Echos d'alentour
Qu'il n'eſt rien de plus doux que Bachus & l'Amour.

Tous les dançeurs ſe meſlent enſemble à l'exemple des autres, & avec cette pleine réjouyſſance de tous les Bergers & Bergeres finira le divertiſſement de la Comedie d'où l'on paſſera aux autres merveilles, dont vous aurez la Relation.

BERGERS.

Chœurs d'Amour.

Hebert.
Beaumont.
Boni.
Fernon le Cadet.
Rebel.
Gingan le Cadet.
Longüeil.
Cottereau.
Ieannot } Pages.
Laigu }
Piesche Pere.
Piesche fils.
Destouche.
La Caisse Cadet.
Marchand.

Huguenet.
La Caisse Cadet.
La Fontaine.
Charlot.
Martinot Pere.
Martinot fils.
Le Roux, laisné
Le Roux Cadet.
Guenin.
Le Grais.
Broüard.
Roullé.
Magny.
Chevallier.

SATYRES.

Chœur de Bachus.

Hedoüin.
Dom.
Fernon Laiſné.
Deſchamps.
Orat.
David.
Monier.
Serignan.
Sanſon.
Oudot.
Simon. } Pages.
Thiery. } Pages.
Truſlon } Pages.
Augé. } Pages.
Iean. } Hottere.
Louys. } Hottere.
Nicolas. } Hottere.
Martin. } Hottere.
Dumanoir.
Mazuel.

Chauderon.
Favier.
Bruſlard.
Balus.
Des-Matins.
Feugré.
Du Pain.
L'Eſpine.
Camille.
Bernard.
Bruſlard.
Deſnoyers.
S. Pere.
Varin.
Mercier.
Chevalier.
Ioubert.
La Place.
Foſſart.
Lique.

FIN.

www.ingramcontent.com/pod-product-compliance
Lightning Source LLC
LaVergne TN
LVHW050511160826
845677LV00003B/1065
* 9 7 8 2 3 2 9 6 2 5 8 8 1 *